O OUTRO: POEMA

michele flores

editora Urutau
primeira edição
2024

O —

editora Urutau

rua do cajú, 478,
jardim das cerejeiras
06724-015
cotia-sp (brasil)

rua manuel pacheco nobre, 128 - 5º esquerdo
2830-080
barreiro (setúbal)
portugal

[+351] 928053619 [portugal]
[+55] 11 95608 8983 [brasil]

www.editoraurutau.com.br
contato@editoraurutau.com.br

[EDITORA]
debora ribeiro rendelli
[REVISÃO]
juliana palermo
[PROJETO GRÁFICO]
wladimir vaz
[COORDENAÇÃO GRÁFICA]
tiago fabris rendelli
[DIAGRAMAÇÃO]
victor h. azevedo
[CAPA]
victor h. azevedo

dados internacionais de catalogação na publicação (CIP) de acordo com ISBD

Flores, Michele
F634o O outro: poema / Michele Flores. - Cotia : Urutau, 2024. 100 p. ; 14cm x 19,5cm.

ISBN: 978-65-5900-751-6

1. Literatura brasileira. 2. Poesia. I. Título.

CDD 869.1
2024 -1797 CDU 821.134.3(81)-1

Elaborado por Odilio Hilario Moreira Junior - CRB-8/994

sumário

OUTROS NAUFRÁGIOS

Para Dani, Willy e Luffy

*

Preciso conversar com Outro
que não seja *esse poema*,
    mas você não me atende.

MISE EN PLACE

O OUTRO

Este poema é *descartável*
é apenas um   alongamento   para o próximo poema
o que vai ser bom

Este é apenas uma *desculpa*
para parar de trabalhar
olhar para a janela do prédio vizinho
e tentar avistar   *lá*   alguma palavra acesa
enroscada no   *bocal*   de uma lâmpada
ou ameaçando se jogar
do décimo andar
uma palavra *nua*
passando *desavisada* pela janela

Infelizmente   não
os andares estão todos *vazios*
os apartamentos *apagados*
um   — *urubu* —   passa voando baixo
partindo a sombra   entre os prédios   ao meio, como uma
navalha negra
não me parece uma ave *adequada* ao poema

Mas como este é *descartável*
pode sim caber *um urubu*
uma lata de lixo cheia de *silêncio*
como cada um de nós
uma coceira no nariz com as mãos ocupadas
um *nó* na garganta
todas essas coisas que não são sublimes
como campos de tulipas
ou a *voz* de minha mãe

Mas este é apenas o *esboço*, o rascunho, o ensaio
nele eu posso cair
esquecer a fala
errar o passo, *torcer o pé*
nele ninguém vai notar
se as coisas estiverem
fora do lugar
se eu chorar
perante *uma mulher* que carrega um cesto cheio *de desespero*
no espelho
ninguém vai reparar na ausência do inédito
do que salta aos olhos
da *sonoridade* em voz alta

Logo vão perceber que era apenas uma *tentativa*
que ainda não estava pronto
vão receber como um folheto no sinal
amassar e jogar fora *na próxima esquina*
ou apenas dizer, com um sorriso cordial,
— não, obrigada.

ANZOL

Localizar o poema no *tempo*
          perigosamente
como se fisga um peixe
com *manchas marrons* no dorso
que o diferenciam dos infinitos invisíveis peixes   *ainda por pescar*

Trazê-lo à força até a *realidade*
como se faz com um belo tucunaré
cujas escamas reluzem em vários tons de *caramelo*
morrendo pouco a pouco   para exibir seu brilho

Sufocar o poema, *matá-lo*
na nova realidade, impossível à sua natureza
abrir *sua barriga* com algum canivete herdado de *algum* avô falecido
retirar suas   *entranhas*
desenganchar   o anzol da sua boca moribunda
ainda em movimentos inúteis
tentando capturar sem sucesso   um gole de vida

Afogar o poema   *no ar*
temperar, fritar, descartar as espinhas
dar às crianças, matar a fome
sair para pescar novamente
como se nunca o tivesse visto na vida.

MISE EN PLACE

Tirar o poema do congelador no almoço
para que esteja descongelado até a hora da janta
o poema coberto por uma fina película de gelo, *imóvel*
esperando a folga das minhas mãos queimadas
para ser picado, temperado e cozido

Fazer sempre o cálculo errado, em que se gastaria duas horas de forno
e acabar gastando *dois anos*
supor todas as vezes que falta ou sobra *um pouco de sal*
que deveria ter testado melhor a receita antes de servir

Mas a urgência da fome e dos tempos não permite que o poema
fique marinando
em algum caldo de ervas finas
ou que seja cozido em banho-*maria*
precisa ser servido às pressas
queimar a boca

Fazer todo o *mise en place*
organizar cada estrofe em sua respectiva tigela
dispor todas sobre a bancada para fazer o poema *perfeito*
se dar conta de que se esqueceu de algum ingrediente essencial
desistir, pedir uma pizza.

ESTROMBOLIANA

O poema *borbulhando* a noite toda no estômago
como uma explosão *estromboliana* querendo sair
na noite escura do Havaí
jorrando — como magma — pelo cone
forçando as barreiras
até chegar na ponta *da língua*
imprevisível

Avesso ao sono acumulado
não, não foram os burritos, nem a cerveja, *nem o vinho*
nem o sorvete
nem te ver chegar ao fim do dia
de *um único* dia sem te ver
e as borboletas alçarem *voo em vórtex* no estômago
como se fosse a primeira vez

Era só aquela explosão
inevitável
que alguma vulcanóloga já idosa
— no filme do Herzog —
fica aguardando todos os dias
como uma *sina*

Ou a terrível explosão que engoliu   o casal Krafft
apesar de haver uma poesia dolorida nas fotos dos dois
vestidos como astronautas
em frente a uma *parede de fogo*
como se estivessem em outro planeta
minutos antes de serem eternizados *lado a lado*
o alento de morrer ao lado da pessoa amada

A tudo isso o poema no estômago é alheio
assim como o vulcão
cego, implacável
belíssimo em sua *ignorância visceral*
em sua cega capacidade de morte
seria certamente uma honra
poder jazer sob as cinzas das suas estrofes
na noite escura do Havaí.

PONTEIRO

Colocar o despertador para tocar cedo
e chegar com disposição *ao poema*.

Ler com os olhos do sono a paisagem ao redor
tatear a *topografia* doméstica
as curvas sinuosas do seu dorso
os cumes dos dois ombros *apontados para o sul*
as raízes dos cabelos nascendo na nuca
se espraiando em uma mata fechada e escura
rumo ao topo da cabeça

Ruídos ainda esparsos da cidade que amanhece
ladeada de serras — como muralhas — que a protegem de si mesma
os ônibus roncando alto como grandes pulmões de senhores
fumantes
resmungando daqui e dali o peso da sua existência

Os cães na sua tranquilidade macia
com os pés ainda voltados para a parede
e indiferentes ao conceito de *tempo*
sonham com campos cheios de bolinhas inéditas saltitantes

A textura do chão ainda frio sob os pés
desfazendo-se calmamente *da noite*
para que seja pisoteado por sapatos sempre atrasados
as poeiras e os ciscos ainda decantados   nas juntas dos tacos
aguardando o alvoroço que se inicia
para serem suspensas,   *voarem*
e caírem seguras ao chão
como o sono *permanentemente* depositado nos lençóis

Sair finalmente e deixar para trás:
o poema
        o sono
            os ciscos
você.

PEDRA-POMES

Deixei o poema numa rua que ele não conhecia
para que ele entendesse   *que foi abandonado*
muito, *muito* longe da casa
não poderia andar com o poema   por aí
abanando o rabo
se quisesse fazer algo sério
          como a prosa

Olhei para trás e ele vinha me acompanhando
achava que era um *passeio*
ordenei que ficasse
mas ele não ouviu   de primeira
repeti, repeti
fica! chega!
ele abaixou as orelhas
como se tivesse feito *algo errado*

Continuei a andar
mas a cada passo meus pés pesavam *uma tonelada*
lágrimas rolavam dos meus olhos   como rios
meu coração foi se revestindo *de vazios*
      como uma pedra-pomes

Não consegui
de repente, era eu quem estava andando atrás *dele*
talvez fosse *eu*
o seu animal de estimação.

AVE RARA

O trunfo do poema é   ser *inútil*
atravessar séculos e séculos sem alguma utilidade *prática*
com ele não se cortam pães
        não se constroem casas
        nem se explodem pequenos países
de nomes *consonantais*
por vezes não segue uma mínima regra
 uma métrica
    uma disposição no *espaço*
guio os *seus* olhos como um *laser*
mostrando: para onde ele vai?

Ele não trabalha de   — oito às cinco —
não se assenta em alguma cadeira
bem-vestido e de banho tomado
não esboça um sorriso falso *para desconhecidos*
não é político com colegas de trabalho
não chega em casa,   exausto
e se questiona o porquê de tudo isso

O poema flutua no tempo
        ave rara
indiferente a quem passou

indiferente a quem *passará*
para ele não existem personalidades importantes
é totalmente cego ao conceito de *sucesso*
    ao corporativismo

Lhes oferecem mundos e fundos
por não conseguirem compreender   *a sua natureza inútil*
lhe cravaram   em pedras
lhe crivaram   de balas

    Inútil
ele permanece
lembrado vez ou outra em algum buteco
por algum boêmio inveterado
em alguma escola da zona rural
    no livro de literatura
onde uma professora o recita
com a voz rouca e os dedos *secos de giz*
em algum sebo
onde algum livreiro de mãos enrugadas
folheia   a última edição disponível

De repente,
por tão pouco ele acontece
caindo página abaixo
    como pingos de chuva
        como vinho derramado
            como sangue, *como pacto*
entre o papel branco e o poeta

a partir de então ele é eterno
inutilmente eterno
ele contará nossa história.

RODEIO

Gostaria de chegar de forma mais direta ao poema
como uma flecha, ou uma linha reta entre dois pontos   A e B
que é, naturalmente, a menor distância   entre dois pontos

Mas venho de uma terra *sinuosa*
onde os caminhos foram traçados contornando morros
como aquelas trilhas de bois que vemos   nos pastos do
interior
que nos ensinaram que o caminho mais rápido
    nem sempre é o melhor possível
ou o mais *agradável* às articulações

Desse modo, como as estradas curvilíneas
        não sei falar sem fazer *rodeios*
muitas vezes minhas palavras fazem   curvas
que as afastam momentaneamente   do poema
para encontrá-lo novamente
ali na frente

Prefiro ir mais devagar
        observando a paisagem
os bois traçando os *próprios* caminhos
erodindo os pastos,   ruminando *o tempo*

Talvez não chegue a lugar *algum*
como os bois, subindo e descendo   pela mesma trilha
durante uma vida,   indo e voltando *do trabalho*
ainda assim farei rodeios, entre os pontos A e B
                    pastarei em curvas
mesmo que o destino no fim não seja avistar *o poema*
mesmo que seja morrer   no machado.

MEMÓRIA DAS FLORES

Como escrever poemas *sutis*
    com dedos tão grossos
com marcas de cicatrizes, de queimaduras
unhas lascadas, cutículas com pontas soltas
    como aquelas que deixamos *por aí?*

Poemas sutis não seriam melhor escritos
  por dedos finos e delicados
  com unhas feitas à perfeição
onde alguém um dia vai colocar   um anel de brilhantes?

Seria possível um poema sutil
nascer de uma mão que   pica quiabos?
Talvez a memória   da flor do quiabo
amarela e frágil, com o interior   escuro
como um buraco negro, *ou um segredo*
    descoberto anos mais tarde

As mãos de minha mãe também são gordas
  com cicatrizes, queimaduras de panela
  unhas por fazer, cutículas e pontas soltas
sem anéis de brilhantes

Mas são mãos que plantam quiabos
    de onde nascem flores amarelas *sutis*
as minhas mãos picam os quiabos
    e a *memória* de suas flores
que minha mãe me entregou
                como um poema
                    descoberto anos mais tarde.

ATRÁS DA CASA

Assim como não consigo ficar por muito tempo
    em lugares cheios de pessoas
não consigo escrever em prosa:
    uma página cheia de palavras

Me apeguei rapidamente ao poema
que brinca   com o espaço vazio
como crianças que chamam um risco de giz *de casa*
e lhe cobrem   com um telhado invisível
e lhe enchem   de mobílias etéreas

Para quem não vê, de fora,
    parece apenas uma brincadeira
mas ainda que não haja   tijolo algum
as crianças respeitam o que convencionaram chamar de *porta:*
    uma abertura entre duas linhas de giz no chão

Onde te permito agora:
        entrar e morar neste poema.

OUTROS INCÊNDIOS

OUTROS INCÊNDIOS

Haverá sempre *o outro*
um outro
outro
o próximo é sempre invencível
o outro é sempre o que não sou

Veja:
há um cheiro de fumaça no ar,
mas não há nada que possa pegar fogo *por aqui*

Veja:
a fumaça saindo da chaminé
e ela apontava para a manilha de cerâmica
como uma torre
conduzindo as *nuvens-cinzas*
cuja imagem seu dedo tocava

Como toda história *incendiária*
ela não se conta de dentro do castelo
como toda história, é sempre *o outro*
que está em questão

Veja: *a fumaça*, preste atenção
    nas pontas dos pés posso tocá-la
decerto não há nada que se possa queimar *por aqui*
mas é certo que *outro* vai surgir
da combustão espontânea
desse poema.

CORISCO

Estou aqui *conforme o combinado*
cumprindo o trabalho dos dias
o poema,   este interlocutor preguiçoso
como um psicanalista *silencioso*
me oferece apenas   a página em branco

Chego e me sento
mas sou eu que preciso acender a luz   arrastar o sofá
e ver se consigo encontrá-lo   em algum *canto*
jurei que o havia guardado em algum lugar   por aqui

Vamos lá,   qual foi a última vez que usei?
quando fui à padaria e vi *uma senhora*
com os pés iluminados pelo Sol
como se Hermes fosse lhe presentear com *um par de asas*
para caminhar novamente   no trilho da
juventude?

Na hora do almoço,
quando avistei na cristaleira *a xícara*
na mesma posição em que você deixou
          antes de partir para sempre?

No banheiro, a escova de dentes também abandonada
como um pedestal, *inútil*, sem o artista?

Não, não deixei o último poema com você
          nem com a senhora
               nem com o fósforo do cigarro que a moça fuma
                                        despercebida de si
aproximando a *chama* do rosto
como uma dança perigosa com o *fogo*

Algumas nuvens cavalgam rapidamente sobre a serra
na sua marcha meteorológica   para derramar a chuva
          a despeito da geomorfologia desfavorável
certamente o poema *não está lá*

Mas há algo de invejável   nos fenômenos naturais
               alheios às indecisões humanas
                         às nossas noites maldormidas
                         à nossa ansiedade ao ver
                                        a força criativa se
esvair
ao cruzar   a serra da produção   do trabalho diário
tarefas que listadas *parecem uma ladainha*
     para um deus sem cabeça
     mas com muitos tronos

Essa serra parece tão intransponível à força vital
     quanto à possibilidade da sala vazia
     onde se acende *a luz do poema*

por isso, creio,   não tem sido fácil encontrá-lo
em qualquer esquina,   em qualquer cigarro
            de repente, *o estrondo*
de relance a figura do poema   aparece
indomável
            transportado pelo raio.

NEBULOSA

Sinto muito,   meu amigo
são *onze e quarenta da noite* e não cumpri meu acordo   *contigo*
não tenho nada a entregar   a este metafísico
diário
nem que velejasse   pelos novos universos
abstratos
onde anjos de asas invertidas   só voassem *em direção ao chão*
    nem que adentrasse o núcleo iridescente de uma *nebulosa*
    continuaria rente ao piso
    sem nada a *te* oferecer

Mas *veja*
      as travessuras do milagre
ei-lo aqui *ao meu lado*
      com a respiração tranquila
      e os batimentos de um coração em repouso
ei-lo *o maior milagre*
ei-lo a maior nebulosa

Me sinto qual Ptolomeu
no primeiro avistamento   de Andrômeda
    antes mesmo de saber da sua natureza gasosa
    antes mesmo de saber o que a constituía

olho seus olhos, *calmos*, as íris circulando ao redor das
pupilas escuras
berços de todas as minhas estrelas
pilares da criação do que eu possa imaginar

Tome, *caro amigo*
registre em suas invisíveis linhas
esse milagre que ao meu lado adormece
pois não há poema mais sublime do que *o seu avistamento*
sob a luz azul da tela
vagando *na noite escura.*

MERCÚRIO

Então, acho que o amor quando aparece é em tudo semelhante à forma física do mercúrio no mundo.
MATILDE CAMPILHO

É possível o poema   em um dia de Sol?
um dia em que não haja nuvens *do lado de fora ou de dentro*?
talvez o primeiro dia de Sol   que é seu aniversário
e eu consigo acordar e me lembrar sem dor

É possível o poema fora da dor?
você faria   trinta e dois anos
e eu só consigo lembrar aquela sua foto sorrindo
    de orelha a orelha
como um livro folheado
no dia em que nos casamos

Tão caricato dia
vestidos segundo a tradição cristã
    você, ateu, disse sim no altar
não sei se o seu sim foi para deus
    ou se foi para *o amor*

Hoje só consegui pensar no seu sorriso
no quão imenso, no quão *fácil* ele se deu

sorrir assim tão fácil vai se tornando algo cada vez mais raro
    mas hoje eu consegui sorrir assim também

E, sim, foi porque sorri   para o amor
esse deus que vez ou outra a gente *teima* em acreditar
me bateu à porta   novamente
e consigo dar gargalhadas diante de uma pessoa
que você ia adorar conhecer

Com ele posso me lembrar de você   com calma
pois agora o meu amor *tem interlocução* novamente
    tenho a quem entregar
    tenho de quem receber
não fica mais entalado na garganta
    não deixa dúvidas

Um dia de Sol permite sim um poema
    mas é este poema solar
simples como um sorriso de orelha a orelha
                                que te dedico.

AS SOMBRAS

Espacio. Silencio ardiente. ¿Qué se dan entre sí las sombras?
ALEJANDRA PIZARNIK

Aquele primeiro momento
em que tivemos   *uma só sombra*
em que não se podia individualizar   *a mancha de cada um no mundo*
e deus se esqueceu momentaneamente   do pecado original

Como se um se transformasse
   em ser diáfano   para habitar o outro
naquele instante, certamente,   fiquei *translúcida*
quando todo o seu corpo, com o meu
   formava uma dessas geometrias fractais
que se repetem   por toda a natureza

Desde então te mapeio como um país estrangeiro
   território de revelações
não consigo atravessar a rua   sem me impressionar com a vista
ainda que seja só mais uma rua,   ou só mais uma vista urbana
                como a de meu país

Há aquele véu dos lugares *que não são seus*
mas que te permitem perceber   por alguns dias
como teria sido   nascer e crescer ali

Avisto os moradores locais
fazendo suas tarefas cotidianas
        despercebidos de si
inconscientes do fato de permearem minha nova história
da qual nunca serei plenamente *protagonista*
e exatamente por isso é uma história *tão verdadeira*

Passo em frente a um arranha-céu
o seu rosto, tão cheio,   me faz sombra
como será a nossa   *nova forma no mundo?*

FRACTAL

Aprendendo que o tempo pode não ser apenas um fio linear
que tricotamos mecanicamente
como suéteres para o próximo inverno
        ou lenços para o próximo velório

Mas sim um *caleidoscópio*
formas fractais que   sob certo ponto de vista
parecem não significar nada
        mas olhando do certo ângulo
constituem infinitas geometrias da natureza

Como quando você me diz:
    — aqui...
E eu te digo:
    — oi?
E você me diz:
    — eu ia te falar uma coisa, mas esqueci...

Mas você já disse tantas coisas
        nesse *não-dizer*
que parecem destituídas de sentido
        à primeira vista
apesar de me rumarem *para norte*

e constituírem infinitas geometrias   na nossa natureza particular

A cada dia fica mais claro   que não se trata de um fio
mas de uma colcha dos retalhos que me costurei para *chegar até você*
e que amar e ser amado são coisas muito distintas
ou não, a depender do ângulo que se vê

Como quando te digo:
— aqui...
E você me diz:
— oi?
E eu te digo:
— eu ia te falar uma coisa, mas esqueci...

Mas você já disse tantas coisas
nesse *não-dizer*
como geometrias fractais
que comunicam segredos *numéricos* pela forma
e você me diz *tanta* coisa
mas ainda não foram criadas
as palavras adequadas   ou a língua   ou a gramática

De fato não há tanta diferença entre amar e ser amado
como você se confunde com o que te dedico
por um simples modo verbal

Costuro a minha cesárea   de ontem
para parir a mulher de amanhã que vai te amar

sejam cem, mil ou apenas mais uma
        se afinal amanhã for meu fim

Pouco importa
pois *o ser amado* e amar são costurados juntos
e a próxima mulher que vai nascer é sempre melhor que a última
        que você vai conhecer
como também estou ansiosa para me deparar
        com o homem que vou amar amanhã
e que vai me dizer com uma novidade *primitiva*
como se me descobrindo pela primeira vez:
— aqui…

TECTÔNICA

Poderia escrever mil livros para dizer
que te amo
mas só consigo: o poema
sem regras, sem margens, sem beiras
como o amor que te dedico
sem barreiras
constante expansão de si mesmo
um amor em que *tudo* cabe, o amor que *tudo* abraça

O amor que surgiu da ideia estúpida
de nunca mais ver alguém que amei
não porque este amasse *outra* pessoa
porque fosse se mudar para *outro* país
e me permitisse o benefício da raiva
mas porque veio-lhe a precoce foice
afiada antes da hora
e o levou sem dizer: adeus

A partir daí meu amor só pôde renascer do que
expande
como raízes ou águas-vivas
repele o que poda, o que cerceia
o que cria calos na garganta por não falar

Grite o que quiser
quero ouvir sua voz até ficar rouca
suas cordas vocais como registros sismográficos
do *terremoto* do seu corpo
quero entrar em ressonância com seu *desejo*
ainda e principalmente, se elas não forem tocadas por mim

Vem, mostre-me a sinfonia das palavras ainda por inventar
diga tudo, *até no não-dizer*
para mim hoje dói apenas a ideia da sua língua em repouso
no leito da boca
Tectônica
a língua silenciosa
a interlocução impossível
o fim
a pergunta que *ele nunca mais me respondeu.*

O JOGO

Meu cachorro solta a bolinha *vermelha* no chão
    a partir da sua própria altura
    para que ela toque a superfície fazendo barulho
    que vai me distrair da tarefa de lavar louças
e chamar a atenção para a mais importante tarefa de *brincar*
com ele

Ele deixa a bolinha   no chão
olhando fixamente   para ela
no instante em que eu vou pegá-la
                    ele pega de volta
vencendo   a brincadeira

É capaz de ficar horas
segurando a bolinha   entre os dentes
e roçando na minha mão *o máximo possível*
aguardando que eu tente pegar para ele recuar
                              vitorioso
mordendo *levemente* de modo que ela emite aquele som estridente
                    de brinquedo infantil

Se eu desisto de buscar
ele a solta sobre o meu colo

até que eu tente pegar
e ele recolha novamente para si

Foram assim as primeiras experiências do que julguei ser *amor*
que *alguns* homens me apresentaram
soltando vez ou outra pelo caminho
a *irresistível* bolinha vermelha
despretensiosamente
como se não estivessem preocupados com ela
mas ofertando-na
qual um brinquedo com que eu pudesse me divertir
se soubesse a hora *certa* de pegar

Deveria esperar, esperar, esperar
jamais me precipitar diante da superfície *rubra e brilhante*
como uma criança *boba*
diante do redondo *brinquedo*
infelizmente, sempre que eu pegava era cedo demais
eles recolhiam a bolinha de volta
que ainda não estava disponível

Eu tentava mais algumas vezes
derrotada e tola, voltava para os meus afazeres
de repente escutava o barulho
da bolinha caindo no chão
era inevitável olhar de volta
oferecer a *interlocução* novamente
dessa vez eu pegaria na hora certa
e poderíamos brincar juntos

Grande engano
eu não aprendia *nunca* a hora *certa* de pegar
e lá se iam eles   com a bolinha novamente

Não sei bem o que se sucedeu
se houve alguma epifania
ou apenas o fato de receber o amor
simples e calmo
como uma dança conduzida *a dois*
na qual *ambos* contribuem igualmente para que   o espetáculo
aconteça

mas um belo dia olhei para trás
e os percebi ali, os demais
como inocentes protagonistas   dessa brincadeira
soltando as tais bolinhas   em desespero
não passavam de adoráveis cachorrinhos
que precisam regularmente   de atenção.

TERRA FIRME

Para chegar à cidade onde cresci
        havia duas opções
a estrada *velha*,   repleta de curvas sinuosas
e a estrada *nova*,   construída depois, quase toda reta

O que separa as duas é um enorme morro de gnaisse
        a estrada velha o contorna
como uma criança que desenha o contorno da própria mão no papel
a estrada nova buscou seu traçado reto   *afastando-se dele*
em uma região onde   seu colosso rochoso resistente
não exercia influência   aos tratores e às escavadeiras

A maior parte do tempo que morei *lá*
        eu chegava pela estrada velha
onde passaram os infinitos ônibus que peguei cruzando a cidade
olhava pela janela as fazendas esparsas   pela beira da estrada
        onde não via *ninguém*
mas imaginava senhoras   sem rosto
bordando raios de sol no alpendre   de varandas invisíveis

Com o tempo
e a chegada do *progresso*
o transporte foi se deslocando para a estrada nova
reta, objetiva
onde a urbanização se deu *aos solavancos* nas beiras da estrada
em que se acotovelavam fábricas, escolas, lanchonetes minúsculas
onde operários apressados comiam pães de queijo *com uma mão*
enquanto, com a outra, faziam o sinal para o
ônibus parar

Naturalmente a estrada velha foi se tornando esquecida
a erosão foi comendo suas beiradas
e as suas histórias *assoreando os córregos* por onde passava

Na última vez em que estive lá
a estrada velha estava interditada
de modo que eu vou embora dessa terra, *para sempre*
pela estrada nova.

ALICERCE

Logo cedo os pedreiros cortam o sono com a maquita
martelam horas não dormidas em paredes *invisíveis*
constroem com o esquadro ângulos retos no ar
ocupando o vazio com formas *perpendiculares*

O Sol projeta sobre os edifícios existentes
sombras igualmente lineares
retas paralelas que jamais vão se encontrar
como amantes separados pela guerra

Em uma hora ou duas o Sol atinge os seus corpos
pendurados nas paredes como *bonecos de ventríloquo*
manuseiam ferramentas indecifráveis
com os rostos cobertos por chapéus e bonés
na sua atividade de indigência organizada

Uma tela verde de segurança os protege
como um casulo de onde vai emergir
a borboleta da fachada que restauram
as outras partes descobertas
revelam uma superfície descascada
despida de reboco ou azulejo
como uma *pele nua* pronta para ser vestida

por aquelas mãos tão duras e minúsculas

A distância, não me parece que conversam
só se ouve o *zumbido* da maquita
como o barulho uníssono   de uma colmeia
é certo que o mel que produzem não vai chegar aos seus lábios
como boas operárias,   trabalham pela perpetuação da rainha

Não se sabe os seus nomes
mas são chamados genericamente de *peões*
como aqueles que compõem a linha de frente
protegendo os monarcas e as torres
cujas fachadas agora restauram
com movimentos *ousados e bruscos*
que poderiam sacrificá-los
mas como são muitos
seriam rapidamente substituídos
em busca do *xeque-mate*

Há uma estrutura
como vigas pilares tubulões e alicerces
que os precede e os organiza *no tempo e no espaço*
há os que trabalham do lado de fora
e os que trabalham do lado de dentro das fachadas
há os que produzem o mel e há os que degustam os favos

Uma superfície sólida e *bem definida* os separa
construída com uma engenharia metódica
e tão bem justificada pelos cálculos *de mãos limpas*

que por pouco não nos esquecemos
por *muito pouco* não nos esquecemos
de que são as mãos sujas e os rostos cobertos
os Peões, as Abelhas
que constroem, sob o Sol, os seus castelos no ar.

CANINOS

Meu pai entra   em minha casa
se assenta rapidamente   em algum canto
procura um lugar onde possa acender   um cigarro
como alguém que chegou a uma festa com *desconhecidos*
e precisa encontrar uma   coreografia para as mãos

Minha mãe procura algo que possa fazer
                                        estender uma roupa, lavar uma vasilha
algum descuido meu pela casa
que lhe permita novamente   ser mãe

Procuro algo que lhes dê de comer
alguma guloseima excêntrica ou salgado com nome exótico
como para lhes alimentar   com um pedaço do sonho   *da classe média*
em que consegui   um lugar

De repente, me pego agitada e pragmática
      como um cão de serviço
      brava com coisas inúteis
      andando de lá para cá
como se nos menores gestos ou palavras *deles*
fosse encontrar algo suspeito

de que estão *errados*
e vou mostrar que o meu ponto de vista
é o que estava certo o tempo todo
desde a infância
onde mediava suas brigas
e acabava brigando também
aprendendo que a conversa só era possível aos solavancos

Rastreio cada palavra ou atitude
cada simples sugestão de maternidade
cada mínima tentativa de desviar minhas escolhas

Como o cão, não posso admitir a mínima contaminação
da *minha* bagagem
com as suas certezas, com a sua autoridade agitada e ansiosa
não, a minha casa não vai ter isso
não vai ser a réplica *daquilo* onde vivi
essa calma conquistada a duras penas
não vai ser *tirada* de mim

Passo pelo espelho
e percebo a imagem assustadora
um cão espumando pelo boca e cheio de machucados e
cicatrizes pelo corpo
rosna para si mesmo e para os outros
com respiração curta
compassada com a minha
e os dentes cheios de sangue

Olho ao redor
e estão todos sentados, *assustados*
esperando, com os olhos voltados *para mim*
qual será o meu próximo movimento.

IMPRESSÃO, NASCER DO SOL

É abril
e o frio começa a adquirir o sabor do sumo da *mexerica*
na verdade, toda a atmosfera começa a transparecer
aqueles jatos minúsculos que emanam de suas folhas
casca e gomos
quando espremidos por dedos *infantis*

Aprendi a descascá-las antes de aprender a escrever
antes de aprender do que se tratava
todo esse universo *alaranjado* que se descortinava
nos fundos da casa da minha vó
no pomar da minha tia
salpicando o fundo verde de círculos-laranja
como pequenos sóis de Monet pendurados na paisagem

As melhores estavam sempre mais altas
como é próprio das coisas belas da vida
meus primos, mais ágeis, alcançavam a copa das árvores
minha vó e eu cutucávamos os cabos da fruta com a ponta de
algum bambu

O tempo das mexericas era o tempo *avesso à pressa*
descascar vagarosamente mimetizando os dedos enrugados
da minha vó
ou os dedos gordos e macios da minha tia
avisando com voz doce que era a hora de vestir *a blusa de frio*

Separar cada gomo
como quem se prepara para experimentar uma memória
novamente
quando olha um velho álbum, ou lê uma velha carta de amor
e sente as minúsculas bolsas estourando
liberando o suco alaranjado entre os dentes
como se o Sol nascesse no céu da boca

Aquelas foram as melhores mexericas que comi na vida
que como todas as coisas *memoráveis*
só podem existir no passado
quando nos damos conta de que já não existem mais
e situamos a sua beleza no tempo
como uma fotografia
ou uma âncora

Não há mais mexericas, nem avó, nem tia
e eu esqueci a blusa de frio
mas na parede de uma casa *em ruínas*
que em breve será demolida
o sorriso *difuso* das duas está preservado
nesta mesma tarde de abril
em uma fotografia desgastada pelo tempo
dois sorrisos-laranja, como duas mexericas de Monet.

HERANÇA

Ao telefone

Ela:

— Onde você está?

Ele:

— Vim comprar umas coisas.

Ela:

— Aconteceu de novo?

Ele:

— Eu não bebo mais.

Ela:

— Por que você mente para mim?

Ele:

—

Ela:

— Por que eu herdei sua raiva?

Ele:

—

Ela:

— Não seria melhor ter herdado *os olhos* de minha mãe?

Ele:

—

Ela:

—Não seria melhor ter herdado a capacidade dela
de *sobreviver* ao seu lado?

Ele:

—

Ela:

— Muitas noites eu sonho com você *se afogando*
sem eu conseguir te salvar,
curioso, sou eu quem *não sabe nadar*.

Ele:

—

Ela:

— Você nunca vai me pedir desculpa?

Ele:

—

Ela:

— Eu achei que você iria matá-la
e saí de casa porque não queria *ver*.
Se ninguém tivesse chegado, *você teria feito?*
Teria usado *o martelo?*

Ele:

—

Ela:

— Eu era só uma criança,
e pensava em me enforcar
na árvore da minha avó.

Ele:

—

Ela:

— A raiva que eu herdei de você
é o meu *nó na garganta.*

Ele:

—

Ela:

— Por que você não me responde?
Por que você *nunca me* respondeu?

Ele:

—

O telefone toca
a ligação havia caído há uma hora.

GIRASSÓIS

Duvido das coisas *que existem*
do mesmo modo que venero
as que *não existem*

As coisas que não existem
são minhas amigas   há muito tempo
um dia, na infância
        elas me abriram *uma porta*
e avistei uma senhora
        com girassóis no lugar das mãos

Era menos absurdo do que *os gritos* do meu pai
ou   *as lágrimas*   da minha mãe
sentei e fiquei por lá,   contando as pétalas
bem-me-quer? bem-*te*-quero!
        mal-me-quer?

Não, a senhora acenou com a cabeça
        os seus olhos eram *gentis*
e uma brisa agradável soprava nos prados
        não havia o *mal-querer*

Bem-me-quer, bem-me-quer
eu não queria sair
de repente uma trinca no céu
bem-me-quer?
e da trinca começava a escorrer sangue

Bem-me-quer?
eu implorava pela resposta
a senhora não respondia
dos seus olhos brotavam *raízes negras*
que tomavam conta do seu corpo
como cipós sufocando a sua imagem
os girassóis *murchos* apodreciam no lugar das mãos

Bem-me-quer? O estrondo *e o escuro*
fui ejetada de lá
o vulto do meu pai cruza a sala
pede um remédio para dor de cabeça
dos girassóis, só restou este poema.

OUTROS NAUFRÁGIOS

*

"Hope" is the thing with feathers
EMILY DICKINSON

Ei-lo,
minúsculo e invencível:
o poema.

HEMERA

Sin embargo las semanas son cortas
Los meses pasan a toda carrera
Y los años parecen que volaran
NICANOR PARRA

Agora que já enterrei muitos dos meus mortos
temo que a vida me *enterre viva*
ainda não fui consumida pelos anos
mas a cada instante é mais difícil não se afogar   no mar
revolto dos dias
que se chocam cada vez mais velozes
                                        contra o rochedo dos meses

Tenho vinte e oito anos
gosto de ancorar o poema *no tempo*
para lê-lo anos mais tarde
e dizer *que eram estes os melhores anos da minha vida*
estes mesmos   que agora me sufocam
quando ler certamente vou estar *mais sufocada*
mas com o casco mais grosso para lidar com   a rebentação
deixo esta   casca de banana   para o meu eu do futuro
escorregar e *cair em si*
          morrer de rir de si mesmo

Não sei exatamente o ano em que cada um morreu
a não ser   aquele primeiro

o mais doloroso
                    da perda da pessoa amada

Certamente naquele ano estive *mais* sufocada
mas hoje não consigo ir ao supermercado
sem voltar carregando *um pouco de desespero* em meio às compras

Há muitas pessoas sobre a terra
    e muitas abaixo dela
talvez estejamos muito perto do *limite aceitável*
em todos os lugares há filas
em todos os lugares há pobreza
   a máquina do tempo mói sem piedade
     os dias pela força do trabalho

Por isso creio que está me enterrando viva
quando deveria estar me ocupando um pouco mais das coisas
eternas
     como o poema
que *talvez* me leve ao eterno

Ou ao menos me leve a este *sagrado silêncio*
    repentina pausa
perante *a angústia*
    a meditação consciente
de te *debulhar* sobre o raro espaço vazio e quieto
da folha branca.

*

Uma cadeira
é sempre   *uma cadeira*
até que se escreva
                c-a-d-e-i-r-a
e se repita
                ca-dei-ra

Logo se *desmaterializa*
soa estranha a si mesma
parece mais uma coisa *de cair*
do que uma coisa *de sentar*

de se sustentar
        as pernas
de se repousar
        o cansaço

Cadeira
assim solta, *no espaço*
perde bastante da sua solidez e equilíbrio
derivados dos quatro *pés*
e de toda a sua física invisível

ca
    dei
        ra
se caísse de cima de um prédio
cairia de cabeça *para cima* ou *para baixo*?
ou é só mais uma ideia *sem pé nem cabeça*?

Cadeira *a essa altura*
não é mais Aquela Coisa

Cansada, estou sem opções
vou me sentar neste poema.

CRISÁLIDA

Sob certa perspectiva
imaginava que seria sempre *outra*
que haveria de emergir de meu casulo
uma versão que finalmente iria alçar voo
fora do invólucro
que me prende *ao chão*

Pois também não sei *nadar*
e me assemelho mais *ao verme*
ou à lagarta
se quiser soar um pouco melhor
e não perder a verossimilhança
com a minha natureza rasteira
com a minha cara que *espelha o piso*

Alguém chama da cozinha
pratos sujos desde antes de ontem
pedem socorro
cracas incrustadas nas paredes do box
o navio onde vez ou outra
deixo ancorado *meu desespero*
apita como em um naufrágio iminente

Gostaria de decolar
em versos leves *e depurados*
   como as asas da libélula
uma estrutura finíssima que irradia
   do corpo do artrópode
aperfeiçoada por milênios até adquirir
   esta envergadura,   mais leve que o ar

Mas há toda uma *carcaça* que carrego
   como um maquinário enferrujado
que precisa ser lubrificado e forçado ao movimento
todos os dias,   como se fosse o primeiro
voar,   a esta altura   e com este peso
   partir dessa estrutura tão densa
soa tão impossível quanto *o poema*

Meu trabalho é mais como   o de um oleiro
 que suja as mãos de lama   para subtrair alguma forma
    da natureza amorfa *das despedidas*

Isso, infelizmente, não se faz *voando*
   sentada, com as mãos postas
consigo sentir as primeiras curvas do poema.

VASOVAGAL

O poema ensina a cair.
LUIZA NETO JORGE

Quase desmaiar
deve ser o mais próximo que se pode chegar de *quase morrer*
e sair desse estado
deve ser o mais perto que se pode chegar *do poema*

O instante minúsculo de transição
consciente-inconsciente
onde se percebe a *epifania* absurda de se estar vivo
uma série de minúsculas partes de vida
pulsando e trocando matéria
a beleza de saber
que a vida só é possível *com a troca*
e que a membrana certamente
é da mesma natureza do poema

Apesar de ele *ensinar a cair*
é ele quem sustenta a existência
pilar impossível sem teto e sem chão
ele só permite a transição
é ele próprio o estado *de travessia*
de si a si mesmo
de modo que não é responsável

pelo que fica   ou pelo que vai
alheio
atento apenas ao que permanece
só dá notícias *do eterno*.

DIONEIA

explicar con palabras de este mundo
que partió de mí un barco llevándome
ALEJANDRA PIZARNIK

Não sei, há algo de diferente no ar
eu sinto, alguma *densidade* a mais
que não me permite
                                        o próximo passo

Uma senhora passeia com seu cão filhote
que mais parece   um *cordeirinho negro curioso*
outra senhora, abraçada com a sua sacola de pertences
        dorme sobre a estreita faixa de mármore
que reveste a entrada de uma loja *fechada*

Não sei o motivo de tal *densidade*
mas não consigo avançar e, ao mesmo tempo
me sinto à mesma distância das duas
        não vejo mais a juventude como uma possibilidade
        mal consigo atingir uma hora de trabalho satisfatório

Essa matéria invisível entra pelos poros
                        não sei
talvez seja disso que ela é feita
                        não-saber

o que obstrui, o que congela
o que não dá forças para avançar
mas torna impossível continuar parado

De hoje não passa
vou sair correndo após o trabalho
essa densidade vem me congelando de tal modo
        que há duas semanas não consigo correr
                e parece que *vou afundar*

Ela preenche células, avenidas
        ela preenche a tentativa de não sentir raiva
ela não dá espaço para qualquer possibilidade
de *compaixão* consigo mesmo

Me sinto envolta nessa gosma invisível
não conseguirei atravessar a rua antes do *cachorro-cordeiro*
    tão limpo e puro em seus pelos pretos
nem antes da outra senhora que dorme *torta* acordar e partir
rumo ao nada que a aguarda amanhã

Ainda sim a invejo
como seria bom caminhar rumo *ao nada*
com uma única sacola de pertences

Como seria bom não saber o nome   da minha rua ou dos
meus documentos
o *alívio* enfim da chegada da tragédia gosmenta
        que me impregna cada dia mais
com a possibilidade do fracasso iminente

Não sou uma mulher também não deixo de ser
olho ao redor e sorrio paciente para as demais jovens, *mais bonitas*
com aquela espontaneidade *displicente*
de quem não se importa com o próprio prazo de validade
vencendo
de quem não vislumbra a cada dia o nascimento e desenvolvimento de voçorocas
nos barrancos sob os cílios

Sim, ela é linda
como um lindo cachorrinho-cordeiro
tão puro, tão macio
tão curioso e inocente acerca de *toda a desgraça do mundo*
seu corpo certamente não detém nem um grama dessa gosma

Sim, eu a vi, lá vai ela
com a leveza do começo dos anos
sem que a gosma a tenha incrustado nos braços
e coxas flácidas como cascos de um navio abandonado
repleto de cracas
que apenas diante de muita caridade *das nuvens*
consegue içar suas velas

Eu? estou bem, estou ótima
quem ousaria não estar
vou correr e já volto
vou correr e não volto nunca mais
quer que compre pão?

PÁRAMO

Prevejo conseguir atravessar o poema daqui um ou dois dias
ou daqui um ou dois anos
o que é certo é que agora não consigo tocar *sua cabeça*
ainda estou cruzando o deserto

Há estas horas em que estou descalça
procurando a trilha no *descampado*
não consigo avistar nenhuma vegetação ou sombra
nenhuma palavra se revela em meu caminho
ao mesmo tempo, também não consigo desistir de chegar

Começo a perceber, *com temor*, o passar das horas
e a proximidade do fim do dia *e da vida* sem que, mais uma vez
eu consiga ao menos me situar geograficamente em seu caminho
sua *cartografia* se torna instantaneamente estranha aos meus olhos
que, alguns dias atrás, pareciam ter decorado com acurácia *astronômica*
todas as suas constelações

Com uma familiaridade *antiga*
era capaz de unir palavras no papel
como quem une os pontos cintilantes de estrelas *sem conexão*
e forma imagens de quimeras ou animais peçonhentos

Infelizmente hoje não é este dia
não olharei para alguma palavra
como quem reconhece um padrão no caminho
pelo qual passou há muitos anos
e do qual sente saudade

Ou como alguém que recebe as palavras dos céus
por uma voz trovejando entre as nuvens
capaz de guiar o povo pelo deserto
felizmente, ninguém me acompanha nessa empreitada
e as palavras não cairão como o maná
para alimentar estômagos e corações

Mas eu preciso apenas dizer
estou com fome, estou com sede
e bastante *cansada* dessa caminhada
ainda que isso não seja propriamente poesia.

PECILOTÉRMICOS

O calor bate na laje de pedra
e as palavras saem para se aquecer   como lagartos ao sol

Ainda não é inverno em lugar algum
        além dos nossos corações
mas um vento frio farfalha as folhas das árvores cujo nome eu não sei
de uma forma que é quase impossível evitar
        o medo de dizer Adeus

Você já separou uma muda de roupa para amanhã
        como é próprio das tragédias
        nos imporem um senso de urgência iminente
          como se a etiqueta mandasse estar bem-vestido para o luto

          A noite caiu
tornando ainda mais difícil enxergar alguma coisa diferente da angústia
          como sombras   nas janelas

Como crianças que tossem madrugada adentro
      você ainda vai perambular pela casa
      procurando algo que acalme a garganta
infelizmente eu ainda não criei o remédio   *para o nó*

Mas haverá uma manhã
    e o sol vai bater sobre a laje
    e as palavras como os lagartos vão se agrupar sobre a pedra
onde poderei te contar a história de como vencemos
                                                            este terrível dia.

MISTÉRIO DE ELÊUSIS

Nem todo dia é   O dia
em que te trago a primavera *nos lábios*
    qual um equinócio empenado
carrego a noite, bem maior
na data inesperada
como se Perséfone se esquecesse dos seus deveres *terrenos*

Nem todo dia te trarei espontaneamente   o desabrochar nos olhos
quando os busca, à procura daquela primeira flor que abre pela manhã
anunciando a nova estação

Vais me perguntar: o que há de errado?
    e com a geada inflamando a garganta
    e atrasando a colheita te direi:
não é nada, *meu bem*

Pois é próprio do amor   nesses dias
em que a primavera não salta *espontânea*   corpo afora
e temos a sensação de que dessa vez iremos   matar o outro de fome

Insistir e engolir *a seca*, as pragas, o orvalho
        mastigar a terra com *os dentes*
        que servirão também de arado

navegar com o barqueiro e encarar Hades nos olhos
até que liberte a Deusa da fertilidade
cruzar essa longa noite até que todos os deuses acordem e
ouçam o que lhes ordeno

Então,   naquele instante em que me perguntares
e que a lágrima forçar as barragens da minha vista
diante de todo o deserto em que te vejo   atravessando em
silêncio, sozinho,   *há tantos anos*
vou engolir seco e, mais uma vez

Desabrochar toda a primavera   *nos lábios*
como se florir fosse um álibi   *para o absurdo*
de cada galho seco brotará uma folha
da terra todas as nascentes
do céu todas as nuvens que te façam sombra
vou me travestir da boa nova
ainda que me rasgue por dentro
ainda que as raízes todas me sufoquem *em seu emaranhado*

Mas serei a sua própria primavera
na cartografia particular do desespero
ainda que não seja   O dia
ainda que, como você,   eu esteja rastejando pelo deserto *em silêncio*
com o peso do mundo sobre os ombros
quando a aridez te cortar o peito
eu farei
O dia
nascer.

MIDSOMMAR

maybe just not being is simply enough,
hard as that is to imagine
LOUISE GLÜCK

Uma menina, *uma mulher*
uma jovem,   melhor
encarando a morte   neste exato momento
como um espantalho inútil, em uma terra   ainda por plantar

Olhar para a morte assim tão cedo é como olhar *para o Sol*
arde os olhos e,   após um tempo
permite enxergar o contorno *do círculo*
dar forma à imensidão   de fogo

Ao desviar a visão, porém
ela não enxerga   como antes
tudo ao seu redor adquire *aquela mancha*
a memória da dolorosa imagem,   marcada na sua retina

O pior terror se dá   *à luz do dia*
onde não há sombras em que ela possa justificar   seus fantasmas
na forma de uma roupa sobre a cadeira que parecia   uma bruxa
ou de uma vassoura atrás da porta que parecia   o espantalho
e que se revelam apenas objetos *inofensivos* quando o dia amanhece

Mas a morte   dorme e acorda   com ela
e a sua feição é ainda mais aterrorizante *ao meio-dia*
quando o Sol incide diretamente   sobre a sua cabeça
e revela que lá se foi metade de   um dos últimos dias da
sua vida

O que será que ela fazia antes   da primeira dor
antes do primeiro mal-estar que a levaria ao primeiro médico
ao primeiro exame e à primeira vez em que vislumbrou
a *absurda ideia* de logo menos   não estar mais viva?

Será que era um dia ensolarado, onde a sua pele jovem
era banhada sem medo pela luz de   mais um dia
apenas *mais um*, das dezenas de anos que ela ainda iria viver

Talvez ela não gostasse de algum detalhe do seu corpo
a forma do seu nariz, ou a largura do seu quadril
    esse saboroso descuido do qual desfrutamos
quando gozamos da vida *ordinária*

Infelizmente agora ela só enxerga   o espantalho
    por onde olha, por onde anda
o Sol, o desesperador Sol anunciando   mais um dia
que na verdade agora é sempre uma conta de subtração
um dia a menos, que lhe é roubado   a galope rasante

Os detalhes do seu corpo não se sobressaem mais
    frente às diversas incursões de tubos e agulhas

como tentáculos de um polvo avançando sobre os seus orifícios
dificultando as simples tarefas fisiólogicas
que antes praticava despercebida de si

Seus ciclos agora, ciclos de morte
oscilam entre as horas em que a droga age
e as horas em que a dor atormenta como um corvo a Prometeu
acorrentado
nas brechas ela se lembra dos antigos ciclos de vida
estariam os colegas agora indo almoçar?
sobre o que conversam? Os filhos, os planos?
ainda pensam nela?
como será falar sobre ela *no passado?*
que não se casou, que *não teve filhos?*

Não há palavras bonitas para dizer
'você vai morrer'
tudo que se segue a isso é um *silêncio retumbante*
todas as palavras saem mudas
todos os olhares ficam cegos
como um espantalho no campo aberto
sorrindo para o nada
olhando para o Sol.

CALCANHAR

Em um dia ensolarado, como este
como o são os dias *de tragédia*
quando querem nos tapear
foi o dia em que sofri o acidente das mãos

Como se fosse capturar o calcanhar do anjo
me alcei a pegar as pernas metálicas do drone
e suas hélices, menos *angelicais* do que asas
retalharam meus dedos como se não fossem obstáculo algum ao seu voo

A princípio, me recusei a acreditar
ainda que tivesse visto, de viés
que o acidente levou a ponta *do meu dedo mindinho direito*
além de cortar a superfície dos demais

Não me atribuindo tamanha bênção como a de Jacó
o Deus do antigo testamento desviou tal manobra
para a mão que eu não escrevo
pois, simbolismo de minha vida, *sou canhota*

Fui embora dali, costurar os retalhos
mas em algum lugar daquele pasto ficou *a ponta do dedo*

consumida por vermes, soterrada pela poeira
ou, melhor crer, carregada por algum pássaro   para o céu
comigo ficou o vazio   e a cicatriz da sua ausência

Assim o é a morte
que me havia amputado anos antes *a sua presença*
agora vivia a representação da tragédia em campo aberto
como um teatro grego
o *anjo metálico* me roubava uma parte do corpo
mas ainda me presenteava   com a sina de permanecer viva
carregando a morte *do membro* sobre os meus ombros
qual Atlas, o peso do mundo

Por duas semanas não pude mexer os dedos
mais alguns meses até conseguir recobrar os movimentos
e a amputação cicatrizar
como também foi o luto
costurado em carne viva

Quero crer, porém
que você não ficou   em algum campo aberto
comido pelos vermes,   soterrado pela poeira
mas sim que foi carregado por um pássaro
de asas gentis e não-metálicas
para o que ousamos chamar de *céu.*

COLHEITA

É o que nos resta, meu amigo
há um oceano   no meio de *nós*
a que altura o Sol está na sua janela
    se é que há Sol no exílio

Mas é o que *nos resta*
   os trabalhos, os dias
no mundo há os que rastelam e há os que sacodem a árvore
   viemos para rastelar a vida
de uma árvore que despeja montes de folhas
                    sobre nossas cabeças
                    todos os dias
muito mais do que o nosso garfo consegue juntar
     ou que a nossa vista consegue ver

É o que nos resta, não nos foi dada *outra opção*
os campos já estavam sujos quando chegamos
nos entregaram as ferramentas e disseram: vai.
Como poderíamos pensar   em outro caminho possível?

Mas veja,   diante de tamanho labor
não houve um consolo em sermos colocados
para lavrar o mesmo campo,   no mesmo tempo do mundo?

Pois, meu amigo, sem lhe confidenciar
    os mil sóis sobre a minha cabeça
eu há muito já teria abandonado a tarefa
    deixaria que as ervas tomassem a lavoura
e que todos morressem *de fome*

A cada ano as intempéries aumentam
    como pragas de um Deus sem piedade
que, dessa vez, parece que vão destruir a colheita
mas as forças que dividimos   como o último pedaço de pão
deixam acordar um Deus compassivo   por detrás da alcova
e seguimos, novamente, preparando o roçado

É o que nos resta, um ao outro
    e tudo que ficou para trás
    e tudo que colheremos *sob o suor de nossa testa.*

ESPELHO

Quando Narciso, sentado à beira do lago
avistou a própria imagem
        será que ele viu *o outro*?

Certamente a figura que avistara não era *ele*
afinal, ele estava do lado *de fora*, a salvo da água
enquanto a imagem tremia com a queda de uma folha
ou com a vibração do chamado de Eco
                        não muito longe dali

Isso produzia círculos concêntricos
a partir do ponto de perturbação
como o epicentro de um terremoto
                ou os anéis de Saturno

Narciso se apaixonou pelo *outro*
pois não havia nada mais real que aquela imagem
de espessura *impossível* na lâmina d'água
não era possível definir a partir de que
infinitesimal profundidade
        o outro deixava de existir
para ser apenas água, *desconhecido*

Ou seja, *o outro* emergia
de um transparente e líquido: *nada*
de repente, tudo parecia estar sob controle
ele se movia e *o outro* repetia
era a imagem perfeita
como ele gostaria de ser visto
a olho nu

Infelizmente, ele quis chegar mais perto
ao que *o outro* também chegava, cada vez mais nítido
mas ao primeiro toque a imagem se desintegrava
como é próprio da paixão
e Narciso se afastava novamente
lá estava *o outro*: perfeito
a uma certa distância, especular
como é próprio da paixão

Narciso não conseguiu mais ir embora
diante da imagem do *Grande Outro*
a radical semelhança
que tanto os difere
que se desintegra ao primeiro contato
mas que é tão *irresistível*
como se olhar no espelho
como este poema em que você me vê agora
ao alcance *impossível* das mãos.

OUTROS NAUFRÁGIOS

E quando sai *o outro*?

O outro livro,
ou *o outro* navio?
levando para   longe de mim
tudo aquilo que   *preferi* ser

O último zarpou há seis anos
  carregando meus mortos
em caixões que não chegavam
                          ao canto direito da página
como uma viagem apenas *de ida*
      até a beira do abismo
não sabemos o que tem *do outro lado*

A esta altura já atracou em tantos portos
que deve estar em vias de combate com a *Baleia Branca*
não me interessa mais quantos anos tem
    deixou vincos no mar
como linhas convergentes a partir de sua popa
formando uma geometria   que se afasta
até que não se possa distinguir
o que ele é   do que ele deixou pelo caminho

Este está em vias de partir
mas como são difíceis as despedidas
há sempre o medo de me esquecer
de alguma peça importante
içar uma vela, adicionar uma escotilha
e todo esse vocabulário náutico
que me permite esquecer:
ele *nunca* vai estar pronto

Mas chega *este momento*
em que está grande demais
para caber numa marina
e todos sabemos que os portos
são lugares de *travessia*

A sua presença gigante incomoda
precisa ficar longe *o suficiente*
para que não se possa distinguir
o que ele é   do que ele deixou pelo caminho
agora mesmo, já é quase   uma lembrança
o outro só existe a uma certa distância do *eu*
por favor, não me avisem do naufrágio.

michele flores

nasceu em Minas Gerais, em 1994. Não é poeta, mas finge bem. É geóloga nas horas pagas. Atualmente reside em Ibirité e não sabe nadar. *O Outro: poema* é o seu segundo livro de poemas.

■ primeira edição
■ junho de 2024